Les Jeudi 28, Vendredi 29 et Samedi 30 Mars 1867

OBJETS D'ART

ET DE CURIOSITÉ

PROVENANT

DE FEU RICHETTI, DE VENISE

Exposition publique le Mercredi 27 Mars 1867

Me CHARLES PILLET, COMMISSAIRE-PRISEUR | M. CARLE DELANGE, EXPERT

1867

CATALOGUE

D'OBJETS D'ART

ET DE CURIOSITÉ

Marbres,
dont deux Bustes antiques avec chlamydes et gaînes
en marbres précieux;
Bronzes des XVIe et XVIIe siècles,
dont une magnifique Paire de Chenets du XVIe siècle;
Meubles; Tapisseries; riches Étoffes et Guipures;
Faïences italiennes; Porcelaines de Chine et du Japon;
Ferronnerie; Dinanderie de Venise et arabe;
Sculptures en bois et ivoire;
Objets divers.

Provenant de feu RICHETTI, de Venise

DONT LA VENTE AUX ENCHÈRES PUBLIQUES

AURA LIEU

HOTEL DROUOT

Salle no 0, au premier

Les Jeudi 28, Vendredi 29 et Samedi 30 Mars 1867

A DEUX HEURES PRÉCISES

Par le ministère de Me **Charles PILLET**, Commissaire-Priseur,
11, rue de Choiseul,
Assisté de **M. Carle DELANGE**, Expert, 5, quai Voltaire.

Chez lesquels se trouve le Catalogue.

EXPOSITION PUBLIQUE

Le Mercredi 27 Mars 1867, de une heure à cinq heures.

CONDITIONS DE LA VENTE

Elle sera faite au comptant.

Les adjudicataires payeront *cinq pour cent* en sus des enchères.

L'exposition mettant le public à même de se rendre compte de l'état des objets, il ne sera admis aucune réclamation une fois l'adjudication prononcée.

Paris. — Imprimerie de Pillet fils aîné, 5, rue des Grands-Augustins.

DÉSIGNATION DES OBJETS

1 — Deux superbes bustes antiques de grandeur naturelle en marbre, représentant l'un Augustus, l'autre Marcellus; ils sont habillés de chlamydes en vert et jaune antique, et sont placés sur des gaînes entièrement plaquées de marbres précieux.

2 — Très-grande paire de chenets italiens du XVIe siècle, en bronze. Le patin, dont le milieu est décoré d'un grand mascaron, tête de Méduse, est formé par deux figures de satyres accroupies se terminant par des enroulements et supportant une base cantonnée de deux petits génies sur laquelle repose un vase triangulaire, sur-

monté l'un d'une figure de Vénus, l'autre de Vulcain.

Ils proviennent du musée Grimani, de Venise.

Haut., 95 cent.

3 — Statuette en bronze de femme nue assise sur une terrasse, ornée de rinceaux. Composition de Falconet.

4 — Statue de femme en bronze. Elle est debout et représente l'Abondance tenant sa corne d'une main et de l'autre une torche baissée qu'elle éteint.

Travail italien du XVIe siècle.

Dimensions, 50 cent

5 — Deux grandes figures en bronze représentant Vénus et le dieu Mars; elles ont servi de couronnement à une très-grande paire de chenets.

Travail italien du XVIe siècle.

Dimensions, 41 cent.

6 — Paire de flambeaux italiens du XVIe siècle, en bronze. Ils se composent d'une tige ou balustre décorée de cariatides et feuillages supportant un binet orné de têtes de chérubins. Elle repose sur une base triangulaire ornée de trois petites figures de génies.

Haut., 50 cent.

7 — Joli flambeau en bronze à pied évasé et à balustre richement décoré d'arabesques et de mascarons d'une très-fine exécution.

Travail italien du XVIe siècle.

8 — Coffre carré long de forme basse, en bronze. Il est décoré sur ses faces principales de deux bas-reliefs représentant des centaures enlevant des femmes; sur le couvercle, deux figures de génies; au centre, une tête de Méduse. Belle épreuve.

9 — Heurtoir de porte en bronze.

10 — Un autre à peu près pareil.

Travail italien du XVIe siècle.

11 — Vase en bronze ayant servi de mortier, décoré de rinceaux et de feuillages.

12 — Autre plus petit avec anses; la partie inférieure est ornée de godrons.

Travail italien du XVIe siècle, d'une fine exécution.

13 — Groupe en bronze doré représentant la Charité.

Travail italien du XVIIe siècle.

14 — Deux petites figures de génies montés sur des dauphins, en bronze italien du XVIe siècle.

15 — Deux petits vases en bronze doré, à deux anses, décorés de feuillages et d'arabesques en relief.

Travail italien du XVIe siècle.

16 — Bâton de capitaine de galère dont les deux extrémités sont décorées de trophées et d'attributs guerriers en bronze doré.

Travail vénitien du XVIe siècle.

17 — Deux grands vases en bronze damasquiné d'argent, décorés de ciselures et d'inscriptions arabes.

Ce numéro sera divisé.

18 — Grand vase à peu près pareil, avec niellures et inscriptions arabes.

19 — Vase de forme basse très-finement gravé et damasquiné.

Travail vénitien du XVIe siècle.

20 — Grand plat en cuivre entièrement couvert de fines arabesques gravées et mêlées d'incrustations en argent.

Travail vénitien du XVIe siècle.

21 — Écuelle à couvercle décorée de fines arabesques damasquinées d'argent.

Travail vénitien du XVIe siècle.

22 — Boucle de même travail.

23 — Écuelle arabe en bronze très-finement incrustée d'argent; au bord, une inscription; l'intérieur est également damasquiné d'argent.

24 — Très-grand plat en cuivre entièrement décoré de fines arabesques gravées en relief.

Travail vénitien du XVIe siècle.

25 — Autre du même genre et de pareille dimension. Deux autres moins grands.

26 — Grand plat en cuivre entièrement décoré d'ornements et de figures gravés.

27 — Autre semblable.

28 — Autre semblable.

29 — Plusieurs plats en cuivre repoussé et gravé.

Ce numéro sera divisé.

30 — Plats de dimensions différentes, gravés.

Travail vénitien du XVIe siècle.

Ce numéro sera divisé.

31 — Plats repoussés et gravés.

Travail vénitien des XVe et XVIe siècles.

Ce numéro sera divisé.

32 — Plateaux à fruits en cuivre rouge argenté ; ils sont repoussés et découpés à jour.

Ce numéro sera divisé.

33 — Autre du même genre.

34 — Quantité de plats de différentes grandeurs en cuivre argenté, décorés de bas-reliefs et d'ornements repoussés.

Travail italien du XVIIe siècle.

Ce numéro sera divisé.

35 — Grand seau à anse mobile richement décoré de fines arabesques; le dessous est orné de même.

Travail vénitien du XVIe siècle.

36 — Autre du même genre de forme arrondie.

37 — Vase en cuivre à deux anses et piédouche de forme droite; il est décoré d'ornements gravés.

38 — Petit vase aiguière en cuivre.

39 — Autre de forme droite et élevée.

40 — Bassin de grande dimension en cuivre gravé et repoussé.

Travail vénitien et oriental.

41 — Boîte ovale et élevée en cuivre rouge couverte d'ornements en repoussés.

42 — Autre à peu près semblable.

43 — Lampe de suspension en cuivre décorée d'ornements découpés à jour; elle est munie de ses chaînes.

44 — Autre à peu près semblable.

45 — Deux autres du même genre plus petites.

Ce numéro sera divisé.

46 — Petite lampe de suspension en cuivre, en forme de vase, décorée d'ornements découpés à jour; elle est munie de ses chaînes.

Travail italien du xve siècle.

47 — Autre à peu près semblable.

48 — Deux lanternes de gondolier en cuivre.

49 — Deux lavabos étrusques en cuivre rouge.

50 — Deux écuelles à couvercle en cuivre, décorées de fleurs et rinceaux en émail de couleur sur fond d'émail blanc.

Travail vénitien du commencement du xviie siècle.

51 — Belle boîte en vernis Martin doublée d'écaille et montée en or; sur le dessus deux groupes de

jeunes bergers et bergères, au-dessous un Amour tenant des couronnes, sur le fond un paysage.

52 — Coffret recouvert d'ornements et de sujets en bas-reliefs, en stuc blanc sur fond d'or.

Travail italien de la fin du XVe siècle.

53 — Plateau octogone, composé de plaques en agate et cristal de roche, montées en bronze doré.

54 — Quatre bustes de femme en terre cuite.

55 — Bel encensoir en bronze, orné de rinceaux et d'animaux chimériques en relief. La partie supérieure est repercée à jours.

Travail byzantin du XIIe siècle.

56 — Autre moins complet.

57 — Plusieurs croix processionnelles, en cuivre doré, du XVe et du XVIe siècle.

58 — Horloge en cuivre doré, en forme de tour carrée surmontée d'une coupole à trois étages, qui se termine par une figure de Neptune.

59 — Horloge en cuivre doré, en forme de tour carrée, surmontée d'une coupole se terminant par une pyramide.

60 — Autre à peu près semblable.

61 — Plusieurs calices ciboires, en cuivre doré, des xve et xvie siècle.

Ce numéro sera divisé.

62 — Plusieurs caves à liqueurs, dans leurs étuis recouverts en peau cloutée de cuivre.

63 — Coffret recouvert d'une étoffe brocard d'argent.

64 — Feuille d'écran du même travail.

65 — Bordure en écaille et ébène, richement décorée d'ornements en cuivre doré et ciselé, formant

fronton sur ses quatre côtés; elle sert d'encadrement à une peinture sur cuivre représentant une Adoration des Mages.

66 — Rouet en bois et en ivoire.

Travail italien du XVIIe siècle.

67 — Autre plus petit en cuivre.

68 — Petite trousse renfermant un couvert complet, couteau, cuillère et fourchette en fer incrusté d'or et d'argent; on lit : L'amitié vous le donne; sur le couteau, Andenken, XVIIe siècle.

69 — Autre finement damasquiné.

70 — Autre contenant un couteau et une fourchette, manches en cuivre ciselé incrusté de nacre.

71 — Plusieurs autres du même genre.

Ce numéro sera divisé.

72 — Étui-nécessaire, renfermant couteau et fourchette à découper, cuillère et fourchette, petite cuillère à sucre, pince à sucre, salière et coquetier en cuivre doré et ciselé de l'époque de Louis XIV à Louis XV.

73 — Quatre tapisseries de Flandre, du XVIe siècle, représentant des sujets de chasse encadrées de deux bordures à arabesques et figures.

Belle conservation.

74 — Grand tapis au petit point richement décoré de dessins de diverses couleurs.

75 — Quantité d'étoffes anciennes, damas de soie, satin broché et non broché, brocard et tissus d'or et d'argent, garnitures de lit, robes de femme des XVIIe et XVIIIe siècles, chasubles brochées de soie et d'or, étoffes d'Orient et des Indes de toutes dimensions et en général d'une grande fraîcheur.

Ce numéro sera divisé.

76 — Quatre bustes de femme, de grandeur naturelle en bois de poirier sculpté.

Travail italien du XVIIe siècle.

77 — Deux figures de guerrier en pied, en poirier noir sculpté.

Travail italien du XVIIe siècle.

78 — Six grands coffres de mariage, en bois sculpté, décorés d'ornenements et de sujets en bas-reliefs.

Ce numéro sera divisé.

79 — Autres démontés.

Ce numéro sera divisé.

80 — Quatre guéridons italiens en bois sculpté, montés sur un seul pied. Style Louis XIV.

Travail italien moderne.

81 — Table en bois de rapport montée sur des pieds tournés en bois.

82 — Meuble-cabinet à deux vantaux dont les portes, intérieurement, et les tiroirs sont ornés de marqueterie de bois et de sculptures représentant des personnages de l'époque de Louis XIII.

Travail allemand du XVIIe siècle.

83 — Autre du même genre sans sculptures.

84 — Bureau en bois de poirier et ébène décoré d'incrustations en ivoire; la partie supérieure, à tiroirs, est en retrait sur la tablette qui se tire en avant pour écrire.

Travail italien du XVIe au XVIIe siècle.

85 — Autre à peu près semblable.

86 — Plusieurs cabinets en bois d'ébène ornés d'incrustations en ivoire gravé avec et sans sujets.

Ce numéro sera divisé.

***

87 — Petit rétable d'autel en bois d'ébène décoré d'incrustations en cornaline et lapis ; l'entablement est supporté par deux colonnes en albâtre orientale. Il sert d'encadrement à une peinture sur bois représentant une Sainte Famille.

Travail italien du XVIIe au XVIIIe siècle.

88 — Deux oratoires du commencement du XVIIe siècle, ébène incrusté d'ivoire.

89 — Joli petit oratoire incrusté de pierres orientales, jaspe, fleurs, etc., avec bas-relief en argent repoussé représentant la Mort de la Vierge.

90 — Coffret en forme d'arche en écaille richement garni en bronze doré ; les quatre pieds sont surmontés de cariatides formant les anses.

91 — Autre coffret avec garniture en argent.

92 — Deux grands coffrets en écaille dont le couvercle est surmonté d'une figure couchée en bronze doré.

93 — Joli coffret forme d'arche en écaille noire, richement décorée de plaques d'agates onyx, et enchâssé dans des montures en bronze doré et ciselé.

Travail italien du xvie siècle.

94 — Joli coffret en ambre, décoré de bas-reliefs en ivoire finement sculptés, dont celui du dessus représente Mars et Vénus dans le costume Louis XIV.

95 — Plusieurs coffrets, écaille, ivoire, etc.
Ce numéro sera divisé.

96 — Deux échiquiers en ébène et bois des îles incrustés d'ivoire, munis de leurs pièces en ivoire et ébène.

97 — Miroir en bois décoré d'ornements et d'arabesques dorés; de chaque côté des ornements en relief.

Travail vénitien du xvie siècle.

98 — Deux paires de tabourets en bois sculpté. Italiens supportés par deux figures de nègres.

99 — Grande figure en ivoire sculpté représentant la Magdeleine couchée.

100 — Figure debout en ivoire sculpté représentant un Enfant Jésus le pied sur une tête de mort.

101 — Autre, d'une main donnant la bénédiction.

102 — Statuette de Vierge sculptée en ivoire; elle est debout tenant l'enfant Jésus.

103 — Boîte ovale en nacre monté en cuivre; sur le dessus, un bas-relief représentant un couple à table et deux serviteurs.

Travail italien du XVIIe siècle.

104 — Petit bas-relief ovale sculpté en ivoire représentant la marche de Silène.

105 — Petit bas-relief sculpté en ivoire représentant les Sciences et les Arts. XVIIe siècle.

106 — Jolie râpe à tabac en ivoire sculpté représentant la Religion, un pied sur le monde, l'autre sur une torche allumée.

107 — Autre représentant la toilette de Vénus; dans la partie supérieure, deux colombes se becquetant.

108 — Autre de forme bizarre à charnière en cuivre gravé; un petit bouton maintenu par une chaînette se visse dans la bouche d'une double tête de lion.

Travail du XVIIe siècle.

109 — Quatre manches de couteau, en ivoire sculpté. — David tenant la tête de Goliath, le Péché originel, la Mort d'Absalon.

Travail italien du XVIIe siècle.

110 — Boîte à couvercle en ivoire; travail de tour.

111 — Manche de couteau de chasse avec garniture en argent; de chaque côté deux bustes coiffés de turbans, en applique d'argent; époque de Louis XV.

112 — Grand couteau, en ivoire, à papier, dont le manche sculpté se termine par un buste de femme.

Travail moderne.

113 — Boîte en ivoire avec garniture, forme d'une poire, s'ouvrant en deux parties; à l'intérieur des petites cases à couleurs.

114 — Petite tabatière en forme de poudrière, ornée d'un bas-relief représentant deux buveurs, un homme caressant une femme.

Travail flamand du XVIe siècle.

115 — Autre tabatière incomplète, des amours posés sur des guirlandes, tenant un écusson; elle est garnie d'un piédouche en argent.

116 — Autre tabatière, deux sujets de buveurs.

Travail flamand du XVIIe siècle

117 — Petite plaque en ivoire représentant le crucifix, la vierge et saint Jean; le sujet est couronné de trois arcades à frontons aigus. Feuillet de tablettes en diptique.

Travail italien du XIVe siècle.

118 — Petit bas-relief finement sculpté sur ivoire représentant le jugement de Salomon.

Travail italien du XVIIe siècle.

Il est renfermé dans une boîte en cuivre doré.

119 — Coffret de mariage décoré de marguerites d'ivoire et entouré de bas-reliefs sculptés en os, représentant des sujets amoureux.

120 — Autre à peu près semblable.

121 — Deux autres du même genre.

Ce numéro sera divisé.

122 — Statue en marbre de grandeur petite nature, représentant un groupe de Ganimède et de son aigle ; il est debout, un bras appuyé sur l'oiseau de Jupiter, il tient l'autre bras élevé.

Charmante sculpture italienne moderne dans le goût et le style du XVIe siècle.

123 — Buste de femme en marbre petite nature ; elle est vue jusqu'à mi-corps et vêtue d'une robe décorée de riches broderies.

Sculpture italienne moderne dans le style du XVe siècle.

124 — Buste de femme, petite nature, en marbre, dans le style italien du XVIe siècle.

Travail italien moderne.

125 — Madone assise tenant l'enfant Jésus sur ses genoux. Bas-relief en marbre.

Travail moderne italien dans le style du XVe siècle.

126 — Grande paire de chenets italiens, ou landiers,

en fer forgé, reliés par une chaîne attachée à deux potences mobiles.

127 — Jolie masse d'armes en fer dont le manche et les ailerons sont damasquinés d'argent.

Travail du XVIe siècle.

128 — Joli petit coffret en fer doré et damasquiné d'argent.

Travail de Milan du XVIIe siècle.

129 — Plusieurs plaques en fer gravé et damasquiné or et argent.

Travail milanais du XVIe siècle.

130 — Une plaque plus fine de travail.

131 — Deux coffrets en fer gravé à serrure compliquée.

Travail allemand du XVIe siècle.

132 — Quantité de maillons de chaîne en fer forgé formés par des étoiles doubles à jour.

Travail vénitien.

Seront divisés.

133 — Plat en faïence italienne représentant la chaste Suzanne surprise au bain par des vieillards, XVIe siècle.

134 — Plat en faïence représentant un sujet mythologique inconnu.

Fabrique de Faënza du XVIe siècle.

135 — Plat en faïence italienne divisé en compartiments dits *quartiere*, à fonds alternés jaune et bleu, décorés d'arabesques en camaïeu bleu clair, au centre un buste d'homme.

Fabrique de Faënza.

136 — Autre du même genre, au centre un buste de femme.

137 — Grand plat en faïence italienne représentant un combat de cavaliers. Le fond est orné d'un grand édifice.

Fabrique d'Urbino du XVIe siècle.

138 — Grand plat en faïence italienne, décoré d'imbrications jaune foncé, au centre un ombilic sur lequel est représentée la sainte Face.

Fabrique de Faënza de la fin du XVIe siècle.

139 — Plat en faïence italienne en camaïeu bleu sur bleu orné de trophées. XVIe siècle.

140 — Six grands vases de belle forme ovoïde avec anses à serpents, décorés de sujets et d'ornements sur fond blanc.

Ce numéro sera divisé.

141 — Très-grand cornet de forme droite en faïence italienne, décoré de feuillages, au centre un buste d'homme.

Fabrique de Caffaggiolo du XVIe siècle.

142 — Grand cornet à renflement en faïence italienne, décoré de grotesques coloriés sur fond blanc.

Fabrique d'Urbino de la fin du XVIIe siècle.

143 — Autre de même fabrique et du même genre, plus petite dimension.

144 — Paire de grands cornets de forme renflée par le haut, décorés d'ornements.

Fabrique de Candiana.

145 — Plusieurs vases de forme boule, décorés de feuillages et d'autres ornements coloriés sur fond blanc. Sur le devant un buste de figure humaine.

Fabrique de Caffaggiolo de la fin du XVIe siècle.

146 — Grand vase-mesure de vin, décoré dans le goût persan.

Fabrique de Candiana, fin du XVIe siècle.

147 — Autre de même grandeur, décoré de grotesques coloriés sur fond obscur.

Fabrique d'Urbino, commencement du XVIIe siècle.

148 — Grande cuvette de lavabo en faïence italienne, décorée d'œillets et de feuillages.

Fabrique de Candiana, de la fin du XVIe siècle.

149 — Grande cuvette de lavabo, en faïence italienne, décorée de grotesques coloriés sur fond blanc.

150 — Grande cuvette de lavabo en faïence italienne, décorée à l'intérieur d'une guirlande de feuillage, au fond trois génies tenant divers attributs.

151 — Salière en faïence italienne, de forme carrée; aux quatre angles sont quatre sphinx soutenant la coupe, au fond de laquelle est peint un petit buste.

152 — Autre de forme ovale, au fond de la coupe un angle noir.

Fabrique d'Urbino du XVIIe siècle.

153 — Grand plat en faïence italienne dont la bordure est décorée d'ornements en relief, au centre un sujet.

154 — Autre du même genre; au centre, un paysage.

155 — Autre du même genre.

Fabrique de la Rivière de Gênes.

156 — Très-grand plat en camaïeu bleu, au centre les neuf Muses, au revers un phare.

Fabrique de la Rivière de Gênes.

157 — Très-grand plat en faïence italienne, décoré en camaïeu bleu, ornement et paysage au centre, une femme dansant, à une fenêtre un homme la regarde.

Même fabrique.

158 — Grand plat en faïence italienne camaïeu avec rehauts de jaune-clair représentant l'envoyé de Joseph retrouvant la coupe dans le sac de Benjamin.

Fabrique de la Rivière de Gênes.

159 — Grand plat en faïence italienne, camaïeu bleu sur fond blanc représentant un pâtre jouant de la flûte dans un paysage de la campagne de Rome. On aperçoit le *ponte lamentan*.

Fabrique de la Rivière de Gênes.

160 — Grand plateau en faïence italienne, décoré de feuillages, au centre Vénus et l'Amour. Il est marqué par derrière d'un phare.

Fabrique de la Rivière de Gênes.

161 — Grand plat de fabrique italienne, à bordure en relief, ornements blancs sur fond manganèse. Au centre, un guerrier avec un chien ; il est assis adossé à une colonne.

162 — Autre semblable, dont les ornements sous

manganèse sur fond blanc, au centre un paysage avec architecture, au revers un monogramme compliqué.

Fabrique de la Rivière de Gênes.

163 — Plateau à fruits en faïence italienne, décoré d'un sujet de chasse.

Fabrique napolitaine du XVIIe siècle.

164 — Plat de même fabrique orné de sujets.

Ce numéro sera divisé.

165 — Grande plaque carré-long en faïence italienne représentant Jacob et sa famille allant s'établir Égypte.

166 — Autre de même dimension représentant un sujet allégorique, au centre le buste d'un pape.

Fabrique napolitaine du XVIIe siècle.

167 — Plaque en faïence italienne avec cadre en relief, représentant le Baptême de saint Jean.

Fabrique de Savone du XVIIe siècle.

168 — Plaque carré-long en faïence italienne représentant Loth et ses filles.

169 — Cinq autres représentant cinq sujets de la Genèse.

Fabrique napolitaine du XVIIe siècle.

170 — Deux plaques rondes en faïence italienne représentant l'une Caïn et Abel, l'autre l'Enfant prodigue.

Fabrique napolitaine du XVIIe siècle.

171 — Six Cadres de lumières en faïence blanche et bouquets bleus dans le style de Louis XV.

Travail moderne italien.

172 — Sous ce numéro seront vendues séparément

quantité de pièces de faïences italiennes : Canettes, saladiers, plats ronds, ovales, etc., etc., de fabriques diverses du XVIIe siècle.

173 — Quantité de porcelaines de Chine et du Japon. Vases, bols, plats, assiettes, etc., seront vendus sous ce numéro.

174 — Corbeille en émail de Chine, fond bleu à bouquets.

175 — Boîte à compartiments en émail de Chine, dont chaque division est à couvercle.

176 — Quantité d'objets non catalogués, seront vendus sous ce numéro.

www.ingramcontent.com/pod-product-compliance
Ingram Content Group UK Ltd.
Pitfield, Milton Keynes, MK11 3LW, UK
UKHW022006260726
13994UKWH00004B/1961

9 782329 455471